사는 일이 온통

박연식

오비올프레스

사는 일이 온통

아까운 게 시간뿐이었으랴
미리 온 여름이 열기를 보내는데
헐렁한 바람 옷깃을 쓸고가네
버릴 것은 버리라는 듯

2017년 여름
박연식

사는 일이 온통

차례

1부

가을비

밤새 비바람 치더니
낙엽 무리지어 쌓였다
카메라에 담는다 셔터 속으로
가을은 깊숙이 스며들고
휑한 나뭇가지 올려다보다
지독하게 삭막해지고 싶은
이 심사!

작은 새

뒷문 틈새
실눈으로 들여다본다
장성이 된
겨울나무
엷은 바람결이
훈훈하다
묵묵히 앉아
오가는 인연을
마중하고 배웅하는
하얀 길 위에
우두커니
서 있다

엄마는 외롭다

화초 곁에 앉아 중얼거린다
그들의 여린 눈빛은
엄마와의 소통이다
손에서 굴리는 염주알은
서방 구만리에 이르는 외길
내 기척에 돌아보며 환해지는 얼굴
지루한 하루해가 오늘은 잘 갔다
맑은 한숨

산안개

장마가 시작 된다는 날
마중 나가듯
길을 나섰다
화급히도 하늘이
땅으로 내려앉는데

유유히 서 있는
산안개
세상이 뒤흔들려도
고요히
산모롱이에서
서성이다
자취를 버린다

비 오는 날

오늘은 갇혀보려고 해
친구에게 말했다
독서대에 책을 펴 놓는다
TV를 켜고 스트레칭을 한다
과일을 깎다말고
커피를 조금 마신다
거울 앞에서 무용을 한다
창문을 열고 문 밖에 둥글 대는
바람 한 점 들여놓고
먼 산 그림자도 들여 놓는다
빵을 꺼내 반만 먹는다
하루가 조금씩 비어가고
세찬 빗속으로
어둠이 스멀스멀 찾아온다

동양난

내 병실을 지켜주던 보호자
연분홍빛에 적색 입술을 하고
애써 아름다움을 보여준다
시든 꽃잎은 고개를 깊숙이 숙인다
녹색의 잎이 가슴 속으로 뻗어 오는데
왼팔 통증을 밀어내지 못한다
난을 가져다 준 위문자는
어떤 힘을 실어 왔을까
난의 무게에
통증이 눌린다
창 사이로 햇살이 들며
무게를 걷어간다 통증을 걷어간다

운동하다

발밑에서 오는 감각도
눈 안에 들어오는 풍경들도
내 삶이 정한 한 컷 같다

힘찬 운동을 많이 하세요
의사의 말이 생각나
급히 걷는다
가슴이 뛴다
불규칙한 호흡
사는 일이 온통 부정맥이다

기도

잡내를 태우라고 켜놓은 촛불
어둠까지 태우고 고요만큼
몸을 낮추고 있다

어둠의 빛이 걷어지고
하얀 새벽에 스미는 것들
깊숙한 곳에 들었던
빌딩 아파트 정원이
속속 일어나는 것을 본다

내 잠 속에 거추장스럽던 꿈이
확연해지고 생의 한가운데에
근원도 끝도 없는 바람의 시간들이
모였다 사라진다

산길

산길,
꽃이 가득한 세상을 걷는다
다람쥐는 부지런히 삶을 불러내고
더불어 산자락도 풍요로워진다
바람에 섞여 몇조각
구름이 떨어져 온다
목련이 묘지 앞에서
한 생을 다소곳이 모으고 있다

친구의 메시지

안개 같은 비가 온다
배수구 물 떨어지는 소리
차 달리는 소리
베란다 문 활짝 열고 안개비 들이며
여유로워지고 싶은 날
비는
오는 둥 마는 둥

흙이 된 사람
- 농사일만 하다 고인이 된 시누이께

그에겐 머리카락보다
많은 생명이 늘 푸르렀다
그에겐 가속의 시간들도
치열한 삶의 소리도 언제나 고요했다
고르고 또 고르고
손 안에서 한 생을 고르던
생명들이 우주를 채워가던 날
자신의 생명이 꺾이는 것을 모른 채
생의 결실을 가르치고 또 가르치며
세상에서 가장 고운 흙이 되었다

어느 날

눈 대신 비가 온다 아직 서성이는 겨울들 굵은 빗줄기를 무심히 바라본다 사선 사이 사이 분열을 본다 발끝에서 솟구치는 힘은 어디에서 모인 것인가 가슴까지 올라와 심장을 뛰게 하다니 긴 장마에 갇히고 싶은 날 조각난 환상들이 황급히 사라지는 저 빗속

봄 산

가야 하는 급한 발길처럼 봄꽃
다투어 피고 진다 봄비 지나자
골짜기마다 줄을 서는 꽃들
날리는 눈송이를 보듯
가는 날 돌아볼 순간조차도
지워가는 봄날
지상의 바람 다 타고 날아도
모자랄 축제의 신호

가던 길 돌아오니
연두 마을 생겨나고
투명해 지는 새소리
봄밤도 깊은 날
발밑에서 솟는 힘
구름 위까지 전하는
처처의 향연

풍경

오지도 않은 가을이 갈까봐
걱정하며 집을 나섰다
청둥오리 날개 몇 번 폈다 접더니
물 살짝 튀기며 난다
노란 호박이 파란 잎 넝쿨에 묻혀
초가을만큼 얼굴을 내민다
잠자리는 제 자리에서 약한 날개 짓으로
파란 하늘을 부채질 하는데
건너편 휠체어에 앉은 할머니
아기가 되어 할아버지를 바라보고
눈길 먼 곳에 둔 할아버지
할머니 손을
쓰다듬고 쓰다 듬는다

세월

형님 옷장에서 옷이 늙어요

아랫동서가 말한다
지난해 입던 옷이
살이 찐 것도 아닌데 어울리지 않는다
옷장을 열고 닫고 하며 들여다봐도
옷은 예쁘게 걸려 있다
생각 없이 따라간 세월을 입은 내 옷도
사는 만큼 나와 어긋나고 있다

산책

산길을 따라 걷는다
행렬 없이 서있는 나무들
자유롭게 피어있는 꽃들
바위그림자와 말없는 산자락도
풍요로워진다 바람에 섞여
부지런히 움직이는
구름 몇 조각
떨어져온다

무료함

비워두지 않은 시간이 비어있다
지난 모든 것들 그곳에서
미움과 사랑과 슬픔까지 있었으니

종일 부스럭대며 책장을 넘기고
글자에 집착해 보는데 책장 사이
바람은 열기를 식히지 못하고

마음 하나 줄행랑
목적 없이 떠돌다
넘기지 못한 책장
텅 빈 글자만 열 지어 있다

길

바람이 일며 소음이 지난다
이승을 지나는 행렬
아픔도 묻어간다
기다림과 엇갈림도
배웅하고 마중하는 길
세월까지도 내고야 마는
그 길을 어제는 그가 가고
오늘은 내가 간다

2부

봄밤

엷은 안개가 포근하더니
비가 소리 없이 밤을 다녀갔다
사선의 곧은 길 사이로 나른함이 뒹군다
되돌아 온 시간들은 기다림이 되고
기다림보다 먼저 온 봄밤

베란다에 블루베리 꽃망울
하얗게 터뜨렸다

응시

데이지 향이 방안에 고인다
긴 호흡을 한다
시간은 급히 새벽을 지나고
분주해지는 생각
염주를 든다
만 가지 망상이 동참하는데
창문너머 남천이
만 개의 잎
고요히 거느리고
바라보고 있는 것이다

생명

깊은 겨울 아침에 일어난 세상은 온통
하얀 눈 세상이다 버릇처럼 앉아서
마음을 모아보는 새벽기도

뜬금없이 눈앞을 가로지르는 생명
어제 내가 휘둘러 잡던 날파리
쬐그만 날개
접었다 폈다
눈앞에 날고

지난 날 눈길을 헤치며 달려간 불교대학에서
반갑게 맞아주던 연로하신 법사님의 말씀
'늙어서 미안해요'

허허로움이 좋아지는 순간
사라져가는 그것을 좇다
혼자
환해지기도 하는

엄마

아이들 체중만큼 가벼워지셨다
보청기를 끼고도 듣지 못하신다
노환이라 더 이상은 어쩔 수가 없습니다
의사선생님 말씀을 뒤로 하고 엄마
휠체어에 몸 싣고 돌아오는 내내
마음 저려온다
아직은 찬바람에 옷깃을 여민다
벚꽃 가득한 길을 간다 길가
돌틈으로 새 잎이 올라온다
꽃도 잎도 절반씩 피었다 삶은
날마다 죽음을 연습하는 것이겠다

가까이 보니

휴대폰에서
미세먼지 주의보가 울린다
은행 병원 마트
차례로 들리고
뿌연 길을 달린다
아파트 앞
차를 파킹하는데
강한 햇빛에
먼지 살아나고
앙상한 나뭇가지에
새 눈 같은 연두잎
놀라 눈 뜨려는 듯

구월에

이십년이나 조기 탁구를 하던 분이 대장암 말기란다 그 분은 딸 하나를 키웠는데 급히 사위를 본단다 탁구회원 모두 예식장을 찾아 먼 길을 갔다 하얗게 분장을 하고 모자를 쓴 환자인 혼주가 우리를 맞는다 길고 하얀 드레스엔 슬픔이 자락마다 고이고 신랑은 장인의 마른 손에서 신부를 받는다 축복과 불행이 나란히 걷고 있다

돌아오는 길
야트막한 건물 한쪽에 쓰인 글귀
예술은 아픔을 고칠 수는 없지만 위로 받을 수는 있다
시간은 빠르게 사라진다

어머니 생각

총총
걸음만 걷던 날
키를 넘는 짐이
무겁지 않았다
발길 멈추시고
손발 놓으시고
이내 누우셨다
고요했던 음성이
담장을 넘는다
바람이 된다
길 따라
그림자로 묻어갔다
마음에
이르지 못한
기억이 되어
어사무사하게
사라져간다

흐린 날

얇은 구름 위에
덧구름 공연히 떠있다
날개를 접은
새 한 마리
언 가지 위에서
긴 겨울을 견딘다
가벼이 날던 눈도
간간이 사라지고
앞서가던 시간이 멈칫거리는
흐린 날
하늘이 자꾸 낮아진다

산책 길

꽃이 피고 지는 사이 뜨겁던 열기가
서늘해지는 날 자주 가는 산책길
제비꽃 한 송이 숲에 묻혀있다
오늘도 부지런히 걸어서 꽃 앞에 섰다
그는 여전히 가냘프다
몇 번 뒤돌아보며 발길 옮기는데
키 큰 나무가지 하나 불쑥 일어나
내 뒤를 바라보고 섰다 그곳에서 문득
살뜰히도
피어나고 싶은

벙어리 아줌마

농작물을 골고루 늘어놓은 노점상
손짓, 몸짓, 번거로운 목소리
그녀는 그렇게 세상과 소통을 한다

호박, 고추, 가지 골고루 사들고 돌아서다
날마다 술에 젖은 그녀의 남편을 본다
소시민의 달동네 같은 이곳을 나서는
내 발길이 달라진다

아줌마가 가엾고
술주정꾼 그녀 남편 한심하니

살까, 말까

적선 아닌 심사로
날마다 만나는 아줌마
내 장바구니에 덤으로 주는 호박, 고추
사양을 하다하다
받아가지고 오고야마는

허한 내 적선

조각가의 집

산을 쓰고 앉은
작은 집
벽을 이룬 창 안으로
들어선 액자 속
눈길마다 이야기가 있는 곳
보랏빛 들꽃 위로
청청수
한 생을 적신다
각을 이룬 조각가의 얼굴
다듬고 다듬어도
깎이지 않는
세월만
예리하게
내 삶을
조각하려한다

망각

날마다 걷던 산길
스스로 벗어 버린
나무들의
고요한 모임들
아픔처럼
그리움이 돋아나고
버릴 수 없음을
알게 되었다
노간주 상수리 나무
꽃 피우는 진달래
바람이 지나지 않아도
빗소리가 씻어주지 않아도
스스로 마음을
떨굴 줄 아는
그들에게
말하리라
잊혀지고 싶은 일을

산길에서

그믐달이 하늘 저만치 물러선 새벽
배경이 되어 피어난 노란 꽃의 무리
연두 빛 숲이 길게 이어진 길
무기력했던 시간이 사라지고
기억은 슬픔을 흡수하려하고
되돌릴 수 없는 아득함을 진정시키는
유일함도 기억이라는 것을
오늘 아침 꽃길에서
더듬거리며 나는 오월의 끝에 서있다

얼룩

다친 팔 때문에 외출이 자유롭지 못해
근처 초등학교 연못가를 산책한 적이 있다
작은 우주 같은 그곳에서
올챙이 꼬물대는 걸 들여다보고
꽃 이름 떠올리며
작아지는 내가 좋았던 시간

어린 날 추억 속에는
키 큰 미루나무 한 그루가 있다
만져보고 쳐다보고 잎 속에
눈길을 깊숙이 보내던 어느 날
베어 버린 미루나무 가슴이
멍해지다 덜컹대는데 베인 자리
얼룩이 발길에 묻어온다

친구

번개팅으로 만나
초대받지도 않은 친구 집에 몰려갔다
부부침실인들 무슨 상관이랴
옷장에서 너 나 없이 편한 옷을 찾아 입고
퍼져 앉았다
온 냉장고를 뒤져서 차려온 저녁상 끝에
술잔도 오고가고
청자는 없고 화자만 들떠있던
하루

망상

어제 갔던 길
오늘 가는 길
생은 서사의 끝에서 오고
먼 곳과 멀기만 한 것들
욕망했던 시간들
조용히 나를 응시했던 세상
모두를 다 품어도 무겁지 않고
아프지 않는 마음으로
내가 닿은 곳에서
인내와 자유와
사랑했던 헛꿈과
삶의 짐을 꾸려보려는

3부

구름을 보다

바람이 지날 때마다 몸을 바꾼다
달이 뒷걸음치듯 머뭇거리며 차가워진다
어둠의 뿌리가 깊어가고
내 몸 담았던 과거가 곳곳에 각인된다
구름은 살얼음처럼
사그라지다 소멸해 간다

반곡역

반곡역에서 만나기로 했다
그곳에 가보자고 했다
먼 곳에서 그저 스쳐 지나던 곳
이른 아침부터 사진을 찍는
사람들이 분주히 오간다
저 카메라에 내가 찍히고
반곡역 나무 울타리에 걸리는
즐거운 상상을 해 본다

무거운 꼬리를 줄줄이 달고
화물열차가 서행을 하고 그 뒤편으로
사람을 태운 무궁화호가 지나간다

벚꽃이 가득
고목이 되어가고 있다

느티나무 아래에서

가을은 짧고
추억은 길다고
누군가 말한다

사방으로 나돌던 가을이
이곳에 와 모였다
털어낸 마음만도
수 겁을 넘었을 이 바람 속
그들만의 외로움에 서걱대는 소리
아직 몸 한 자락에 매달려
허공소리 듣는다
생의 욕망에 흔들리며
스스로에 매달려 있다

왕성골 암자

아름드리 돌배나무
과묵하게 서 있다
잔잔한 모습으로
바위가 된
부처님

은회색 옷깃에
배어나는 목탁 소리
하늘도 깊어만 가고
스스로 물들어 갔던
오색 잎들
가벼이 내려앉으니
계곡 물소리 숨 죽인다

흔들리는 산자락

가부좌로 앉았는데
내 선 자리
발 묻고

드리워질 어둠까지
쌓아 안고 싶다

버스 안에서

시내버스를 탔다
효자동 내리세요
웅성거리며 사람들이 내린다
출발 100미터쯤에서
한 노인이 지팡이를 번쩍 든다
여기 세워!
기사님
네에! 어르신
주정차 금지 푯말 앞에 차가 선다
더듬더듬 노인이 내린다
기사는 그 모습을 조심조심 지켜본다
버스에서 내린 노인은 지팡이를
다시 한번 번쩍 들어 보인다
사람들이 기사를 바라보고
어정어정 걸어가는 노인을 내다본다

우울한 날 비오다

눈비 함께 오는 날
목련나무가 젖는다
서운해서 어떻게 하느냐고
메시지가 이별처럼 빗속을 가르는데
새순이 영 나올 것 같지 않은
마음은
무덤 속

우리 동네 구멍가게

재수 좋은 호떡 500원

팥빙수 2000원

도너츠 2000원

가지런히 써내려간 메뉴

아무도 들어갈 것 같지 않은

흐릿한 불빛 아래

석고상처럼 앉은 할아버지

먼 기억 같은 곳

매일이 궁금해 발걸음 멈춰지는 곳

아무도 오지 않는 도넛상자 앞에

할아버지는 오늘도 시처럼 앉아있다

일상

바쁘다는 말을 누구에게 몇 번 했나보다
이런저런 핑계를 대다 하루가 가고 계절의
빠른 걸음이 내겐 조급증이 되고 잎이
돋지 않은 가지 사이로 찬바람이 지나간다
떼어낸 시간처럼 소중했던 날들이 아직은
기대할만 한 게 있다는 듯 조각구름 사이로
불현듯 힘을 내는 냉한 저 달빛이 좋다
꾸지 않은 꿈에 가려진 까만 밤도 좋은 날

11월의 새벽

한 점 구름도 띄우지 않은 하늘
가지 못한 별과 어린 달이
긴 어둠을 깊게 하고
이루지 못한 잠에
지난밤 노을이 남아
하늘과 산의 경계를 지우며
순하게 돌고 있다

내 더딘 생의 길목
하얀 새벽에 스며들고
나는 이들과 풍경이 된다

연륜

오래된 가옥이 모여 있는 곳
담장 너머 노란 국화가 피었다
아직은 이른 가을 한 낮
폭염에 젖어있다

길 가던 백발노인
지팡이 곧추 세우고
먼 산 바라보듯 국화를 본다
"얘도 어찌 지 맘으로 피었겠나!"

노란 국화
고단한 미소

사나사 가는 길

느티나무가 있는 마을을 지난다
노란 아기 꽃, 담쟁이
가시 몸을 한 탱자나무
빈 가슴을 채워가는 오동나무
쥐똥나무 등나무 미루나무
많은 이름들이 낯선 이름과
나란히 길을 열고 있다

사무치게 맑고
사무치게 가난해도
본래부터 살 길은 스스로에 있네
글귀를 오래 새기며 걷는다
투명한 계곡 물소리가 새소리에
휘말려 건너편 산 바위에 부딪친다

일주문 앞에서 고개 숙여 합장하는데
목탁 소리에 실린 스님의 음성이
온 산을 마중 한다

산사의 범종

구름 조각
내려앉고
세속의 소리
바람에 감겨
온 새벽을
울리는
생명수
실타래처럼
얽힌
언어들
맑게 녹인
묵언의 여운

불영 계곡

천 길 낭떠러지를 내려다보는 황금송의 장엄
떨어져 내릴 것 같은 기암들을
크고작은 나무들이 마음을 모아
계곡의 물살을 보호하고 있다
거침없이 흐르는 물살들
신선을 나르는 새들의 곡예

책 읽는 엄마와 아들
물장구치는 어린 아기
그들 사이로 물안개 피우는
여름날의 열정
오늘 하루 전설을 엮어본다

그때였어

무실사거리 가로등 꺼질 무렵
점멸로 몸 바꾸고
내 좁은 안식처 슬쩍 지나치니
서원 길 훤히 허공을 연다
어떤 신호도 없다는 안심
이쪽도 저쪽도 아닌
시간이 자연스레 간다는 관념
아차 깨어나니
그것이 아니었어
만보기 신호음일 뿐
한발 내딛는 그 순간이
나의 진보였지

이 가을에

부인을 잃고 홀로 된 시매부가
술자리에서 말한다

이 낡아빠진 낙엽이 싫어서
제주도로 가야겠다
초목이 살아야 내가 사는데
외로움이 내 키를 넘었으니
내 어찌 살겠느냐

커다란 눈 속에 고인 눈물
너무 깊어 바라볼 수가 없다
이 가을은 한 편의
우울한 시

나그네

잠자리에서 일어나면 길 잘못 든
신경줄의 꼬임이 통증을 보낸다
뒤늦게 찾아온 갱년기가 잠을
쫓아내고 컴컴한 방 한가운데
순간 찾아오는 죽음 같은 어둠

어느 날인가부터
그도 내 것인 양
잠시 사라진 것을
내 안을 들여다보며 찾는다
눈 감으면 안식처
눈 뜨면 나그네 되는 마음
자리에 머문 통증도
언젠가 내 곁을 떠날 나그네

일출

마음을 먼저 보내고
빛을 들고 온다
그렇게 하루를 가르친다
하루를 가르치고
다시 일출이 되는 까닭은
한 생을 가르치기 위함이다
한 생을 가르치고
다시 일출이 됨은
한 겁이 가도
못다함을 말하기 위함이다

어느 날
어둠을 보게 하고
마음을 적셔주기 위해
그렇게 마음을 쉬어도
식지 않는 열정은
또 다시
일출이 되기 위함이다

봄이라기엔

손주 보다가
주말이면 완행버스 타고 집에 내려온다
한가로움을 가장하듯 깊숙이 앉아 창밖을 본다
겹겹이 지나가는 산과 들판이 연두색이다
그들은 백미러 속으로 거슬러 갈 뿐이고
난 지구 밖에서 서성거리다
엄마만 두고 왔는데
어인일로 세상은 아무렇지 않고
어제 같은 바람만 술렁댈까
태영에미냐?
나를 찾는 엄마의 목소리가 이명이 되고
내 집 문턱엔 봄조차 보이지 않는다

4부

명지를 업고

"포포"
말을 배우기 시작한 명지가 내 등에
오르면서 말한다 폭포 보러 가자
밤이 되면 시간 간격으로 쏟아지는 폭포와
미니 계곡에서 맹렬히 울어 대는 개구리
소리가 있는 아파트 단지 내 조경시설

명지와 나는
개구리 소리를 들으며 노래를 한다

"개굴개굴 개구리 노래를 한다
듣는 사람 없어도 날이 밝도록
개굴개굴 개구리 노래를 한다
개굴개굴 개구리 목청도 좋다"

내 유년의 밤과 닮은 이곳에서
명지는 엄마를 기다리고
나는 내 딸을 기다리며 노래를 한다

화이트 샌드

처음엔 눈 덮인 산인 줄 알았다
하늘은 파랗고 또 깊었고
마음껏 태양이 내리쬐는데
차가운 모래 습기 가득한 그곳에
생명이 숨 쉬고 있다
태양의 열기를 반사하는 힘으로
꽃과 나무를 자라게 하는 세상에서
가장 깨끗한 모래 건너편 사람을 보고
무작정 그 곳을 향해 가다보면
길을 잃고 미아가 되는 사막
모래 한 줌 쥐고 하늘과 마주하고 누웠다

내 나라가 이국이 되고
내 삶 전체가 여유로웠던 순간

착각

새벽 운동을 하고 돌아온 남편이 말합니다
여보! 얘기 좀 할까?
뭔데?
오다가 테니스 회원을 만났어
그 분이 하는 말
"테니스 이순 대회가 있어서 가는 길이야"
하더랍니다
"잘 다녀오세요"
공손히 인사를 하고 오다 문득 생각해 보니
자신이 이순이더랍니다
먼 남의 얘긴 줄 알고 어르신 대하듯 했답니다
순간의 착각에 오늘 아침 쓸쓸히 웃었답니다

마른장마

천둥번개가 지상을 흔들어
대지가 갈라지는 소리
바람에 휘날리다 번개
속으로 되돌아가는 비
그렇게 사람들에게 불리는 이름
긴 여름날
마른장마
열기 속에서 방황 한다

그랜드 캐년에서

저 깊은 곳은 지구 밖 어느 곳인가
지구의 역사가 이곳에 모인 모양이다
온 세상을 붉히며 해가 산을 넘어간다
밤이 되고 백색 나라가 된다
밀물 같은 밤 속으로 스며들고
다시 보자며 우린 그곳을 떠났는데 그 밤,
잠은 오지 않고 무시무시한 그 골짜기에
왜 내가 있었는지 생각하다가 문득
내 아들의 말이 생각났다 힘들 때 와서
한참을 서 있었는데 순간 무서웠단다
내겐 황홀경이었던 그곳이 아들에게는 두려운
장소였다는 생각에 이 밤 무섭게 잠을 쫓아낸다

욕망

거실에 있는 키 큰 거울은
내 키가 길고 얼굴도 길다
안방 화장대 앞에 선다
내 얼굴이 둥글다
목욕탕 거울 앞에 가까이 간다
내 얼굴이 작고 예쁘다
이 거울 저 거울 옮겨 다니다
가장 예쁜 거울 앞에서
내 점검을 마친다

해 질 무렵

그리고 다시 몇 해가 갔다
한 번 보자는 친구의 메시지에
대낮부터 산 그림자 질 때까지
속속 모여든 친구들
매일 만났던 것처럼
풍성한 대화들이 예순 나이를 넘어가고
지는 해 붉게 품은 노을이
잔잔하게 내려앉은 호암 호수
우리는 모두 이것이
이별이라는 걸 예감하고 있었다

외출

아침 바람이 한낮으로 가는데
휴대폰이 굉음을 낸다
'긴급 재난 메시지'
'폭염주의보'
외출을 삼가라는 재난 경보 문자다

집을 나와 걷는다 곁에서
담배 연기를 진하게 뿜으며 가는 남자
숨을 참으며 지나는데 발걸음을
비틀거리는 그 남자
무언가 중얼거리고 있다

'내 나이가 어때서
누가 먹으라고 한 것도 아닌데 아무도
나이 먹으라고 귀띔해 준 적이 없었어
난 억울해'

술 취한 그의 음성과 폭염주의보 경보문자가
선명하게 쟁쟁거리던, 한낮

하얀 밤

오지 않는 잠과 씨름하다
벌떡 일어난다
몇 편의 시를 읽는다
일상 같은 잡념이 줄을 서는데
달빛이 시처럼 창 안으로 들어온다
고통 속의 쾌락 같은 삶이 기다림 같고
먹다 남은 커피 한 잔이
아주 좋은 날
하얗게 밤은 새고 있다

허상

언제부터 붙여진 내 기호들
몇 개 되지도 않은 것들이
어떻게 그 긴 세월을 버텨냈는지
아직도 달라붙은 내 이름
의미 없이 불러준 사람들의 소리만
귓가에서 떠나본 적이 없다

쓸쓸한 술 한 잔

유학 가는 아들의 마지막 연주회 날
아들 모습을 열심히 비디오에
담은 남편 그래도 아쉬웠는지
사진을 찍자, 꽃을 들자 허둥대다가
아들을 두고 집으로 돌아오는 길
무거운 어깨 위에 카메라는 말이 없고
퀭한 얼굴로 남편이 말한다
여보!
나 술 한잔 하고 갈게
누구하고?
그냥 혼자!

이월의 끝에서

사는 일이 아프다고 너무 아파서
세월이 빨리 갔으면 좋겠다고 말하는
아우의 음성이 전화 속으로 스며들고
겨울을 아쉬워하며
추슬러 보는 시간 위로
눈이 무겁게 쌓이고 있다
세상이 백지가 될 때까지
퍼부을 것만 같다

크라스키노의 단풍*

떠밀려간 가을에
스스로 물들지 못한
단풍이
불안하다
헛디딘 잎들이
가슴에 와
얼어붙는다

인간에게 이용당한
땅
넘나드는 문지방이
하늘 끝에 닿았다

길마다 걸림이 된
참으로
쓸쓸한
단풍
국경 위에 위태롭다

* 러시아와 중국 사이에 있는 국경 지대

이 봄은

내 딸 혜원이가 아기를 가졌단다
고맙다 혜원아!
튀어나온 첫 마디
입덧으로 고생하는 딸에게
세상에서 가장 좋은 말을 하고 싶다
앞선 욕망에 말을 잃고
엄마표 된장찌개 두부조림을
신나게 만들어 보물처럼 포장을 하고
퀵서비스로 보내기 위해 터미널로 달려간다

접수처 아저씨
또 따님한테 보내세요?
튀어나오려는 말을 참으며 웃고 만다

내 딸이 아기를 가졌어요

오붓한 시간

식탁을 오래 썼더니 다리가 말썽이다
남편이 고쳐보겠다고 큰 소리 친다
못 하나 박는 일도 사람 불러 하라던 그가
나이든 탓일까 알뜰해진 탓일까
땀 뻘뻘 흘리며 연장 든 모습이 분주하다
솜씨를 믿을 수가 없다고 빈정댔는데
고가구 모양처럼 고쳐놓았다
좋은 물건이 생긴 듯 기분이 좋아
칭찬해줬더니 아이처럼 우쭐 댄다

한 생이 다가도록 담아있던 남편의 이미지
한 순간에 화안해지던 날

새벽

눈을 뜨면 얼른 하늘을 내다본다
무언가 메시지를 전달받고 싶은
내 무의식의 집 앞산에 가려진
안개에 마음 편해지는 날
청수와 향을 올리고
염주를 굴리며 소망을 말해본다

머물고 싶었던 생의 가운데가 있었던가
내 아이들이 자라고 떠 밀려온 날에
내 몸 어디엔가 박혀있는 통증들이
적당한 채찍으로 다가오는데
삶의 무게만큼 성숙해 질 수 있을 때
사소함으로 아픔을 견딜 수 있을까
이내 해가 떠오른다

아침 일기

일어나야 하는데 몸이 말을 듣지 않는다
언제나 몸은 정신을 따르지 못하나보다
찬물에 세수를 한다
천개의 염주 알을 굴린다
만 가지 망상에 걸린다
오랜 일상 무겁다
아침이 밀물처럼 스며들고 깨진
적막처럼 공간을 벗어나 걷고 있다

끽하고 택시가 선다
손을 살짝 들고 빠른 걸음을 재촉하는 척 한다
그렇게 새벽을 나와 탁구장으로 한 계단 한 계단
들어선다 경쾌한 볼 소리
내 삶 속으로 도피해 들어서는 것이다

남편

내 가장 가까운 곳에 있는 사람
한 이불자락을 끌어당기며
그렇게 많은 시간을 보냈는데
그가 말하는 것은
자신 밖에 있고
그가 웃어 보이는 모습도
자신 밖에 있다
마음을 다해도 그 마음 언저리
마음 다해 불러도
그의 꽃이 될 수 없는 나
각자의 몫으로 뿌리 내린
참으로 쓸쓸한 고독
안개 속을 걷는 것처럼
홀로 외로운 고독자

해설

말없이 귀 기울일 때

전윤호 (시인)

한 사람이 자신의 일생에 대해 말하기 시작하면 우리는 침묵해야 한다. 정현종 시인은 한 사람이 온다는 것은 실로 어마어마한 사건이라고 말했듯이 누군가 자신의 일생을 풀어 놓는다면 그 자리에 있는 사람에게 허용된 것은 경청일 뿐이다.

여기 한 여인이 있다. 남편과 함께 아이들을 키우고 또 그 아이의 아이까지 키우는 사람, 그런 세월 속에서 자신도 늙고 병들어 병원에 입원했으면서도 간병인과 남은 사람들을 관찰하는 사람. 그는 아마한 세월 자신의 책무를 다하며 무난하게 살아왔을 것이다. 좋은 아내이며 좋은 엄마로서 이제는 다정한 할머니까지 연기하며 살고 있다. 여기서 연기라는 단어가 불편하시다면 예민한 사람이다. 그렇다, 나는 굳이 연기라는 말을 쓴다. 왜냐하면 그는 시를 쓰기 때문이다.

이 사회가 요구하는 역할을 충실히 이행하는 또래의 사람들은 시를 쓰지 않는다. 연속극을 보거나 며느리의 혼수에 관심을 가지거나 여배우와 불륜에 빠진 영화감독의 정보를 사방에서 찾아볼 뿐이다. 시를 쓴다는 것은 또 얼마나 구름 잡는 짓인가. 이미 지나가 버린 유

행? 그저 자신의 고상함을 드러내고 싶은 허영 정도?

연전에 서울에서도 부유층이 산다는 동네의 주부들을 상대로 시 강의를 한 일이 있다. 젊은 주부로부터 연로한 주부들까지 모여들었는데 그들은 이른바 손 글씨를 취미로 공부하는 동호인들이었다. 그런데 싯구들을 손 글씨로 쓰다 보니 시 공부도 해보자는 의견이 있었던 모양이다. 아무튼 백화점 옆의 교실에서 가난한 시인이 시 쓰기에 대해 수업을 했다. 그리고 본인의 시를 발표하라고 했을 때, 한 고상한 할머니께서 이런 시를 읽었다. 우리 남편은 나를 사랑해서 잘 도와준다. 밥도 하지 말라고 식당에 가서 외식을 하고 돌아오는 길엔 쇼핑을 한다. 우리 사위도 외국 출장을 자주 다니는데 올 때마다 내 선물을 사가지고 온다. 그래서 나는 행복한 여자다.

뭐 대충 이런 얘기였다.

먹고 살려고 여러 곳을 다니며 시창작 강의를 했지만 이때보다 난처한 적은 없었다.

"내가 얼마나 행복한지 사람들에게 자랑하는 데 꼭 시를 쓰실 필요는 없을 것 같습니다."

그런데 비교적 젊은 주부도 마찬가지였다. 남편의 단점에 대해 써보라 하자 한 주부가 이렇게 말했던 것이다.

"제 남편은 흠잡을 때가 없어서요."

아뿔싸! 그곳은 동네의 사교 클럽이었고 있는 어둠도 휘황찬란한 소녕으로 가려버리는 살롱이었다. 나는 시간만 때우다 강의료를 받고 돌아왔다. 그들에게 시는 시가 아니었다.

형님 옷장에서 옷이 늙어요

아랫동서가 말한다
지난해 입던 옷이
살이 찐 것도 아닌데 어울리지 않는다
옷장을 열고 닫고 하며 들여다봐도
옷은 예쁘게 걸려 있다
생각 없이 따라간 세월을 입은 내 옷도
사는 만큼 나와 어긋나고 있다

-「세월」 전문

　박연식은 말한다. '생각 없이 따라간 세월을 입은 내 옷도/ 사는
만큼 나와 어긋나고 있다'고. 이 두 줄에 숨은 인식이 앞에 말한 사
람들과의 차이점을 보여준다. 적어도 그는 생각 없이 따라간 세월을
알고 있고 본인이 그러한 사실과 어긋나고 있다는 인식을 분명하게
하고 있다. 내 옷장의 옷이 늙는다는 말은 깊은 성찰 없이 쉽게 나올
수 없기 때문이다. 아까 연기라는 불편한 단어를 사용한 이유는 바
로 이런 까닭이다. 그는 일상 속에서 자신과 불화하는 부분들을 보고
있는 것이다. 영문도 모르고 대사를 하는 단역 배우가 아니라 연기의
동선과 전체의 균형까지도 감안하는 감독의 시선이 바로 인생을 바
라보는 시의 마음이다.

오래된 가옥이 모여 있는 곳
담장 너머 노란 국화가 피었다
아직은 이른 가을 한 낮
폭염에 젖어있다

길 가던 백발노인
지팡이 곧추 세우고
먼 산 바라보듯 국화를 본다
"얘도 어찌 지 맘으로 피었겠나!"

노란 국화
고단한 미소

-「연륜」전문

"얘도 어찌 지 맘으로 피었겠나!"

시인은 국화일까 노인일까? 나는 고단한 미소 짓는 국화가 맞다고 생각한다. 그리고 노인은 그의 시적 자아이다. 국화의 고단한 미소를 잡아낸 그의 공력은 쉽게 헤아릴 수가 없다. 이 시집의 제목이 〈사는 일이 온통〉이지만 노란 국화/ 고단한 미소도 그에 못지않다 여기서 그기 역설을 능숙하게 사용하는 것을 보면 스스로 많은 공부와 성찰이 있었음을 알 수 있다. 어찌 지 맘으로 피었겠냐 라는 구절은 풀어 쓰자면 문자 그대로 소설 한 편 분량의 의미가 나올 것이다. 서두에 말한 연기는 그래서 이런 생의 뒷면을 보면서도 모른 체 하는 그의 능력을 감안하여 쓴 단이다.

물론 그가 자신의 모든 생각을 속 시원하게 풀어낸다고 할 수는 없다. 그의 시들에 주로 나오는 말들은 산, 산책, 비, 안개, 구름 같은 단어들이다. 이들은 모두 자연이며 대부분의 경우 날 것 그대로의 얼굴로 시에 나온다.

밤새 비바람 치더니
낙엽 무리지어 쌓였다
카메라에 담는다 셔터 속으로
가을은 깊숙이 스며들고
휑한 나뭇가지 올려다보다
지독하게 삭막해지고 싶은
이 심사!

-「가을비」 전문

위의 시는 간결하게 심정을 잘 담았지만 카메라 렌즈 안의 풍경이 더 이상 발전하지 못하는 답답함이 있다. 그 역시 삭막해지는 심사라고만 말한다. 분명 가을비를 보고 느낀 심사는 따로 있고 더 구체적인 이미지와 사연이 있겠지만 서둘러 퇴장함으로서 더 이상의 말들을 막고 있다. 여러 편의 시에서 이런 식의 자기 검열을 보여준다. 이 땅에 한 사람의 여성으로서 어머니로서 살아야 하는 일이 어찌 쉽겠

는가. 그는 그 여성의 길과 시인의 길에서 이제야 언뜻 발길을 고쳐 잡으려는 듯 한 모습이다. 그런 의미에서 하얀 밤과 같은 시를 읽으면 그런 조짐이 엿보인다.

오지 않는 잠과 씨름하다
벌떡 일어난다
몇 편의 시를 읽는다
일상 같은 잡념이 줄을 서는데
달빛이 시처럼 창 안으로 들어온다
고통 속의 쾌락 같은 삶이 기다림 같고
먹다 남은 커피 한 잔이
아주 좋은 날
하얗게 밤은 새고 있다

-「하얀 밤」 전문

한밤에 깨어난 그는 일상에서 일어난 것이다. 잠들지 못하는 대신 시를 읽는다. 사느라 쌓아둔 잡념들을 뚫고 달빛 같은 생각이 들어온다. 그리고 말한다. 고통 속의 쾌락 같은 삶이 기다림 같고 먹다 남은 커피 한 잔이 깊은 맛을 준다고. 어쩌면 시인은 이제 일상과 일상을 벗어난 세계의 경계에 서 있는지도 모르겠다. 이것이 축복인지 불행인지는 장담할 수 없지만 아주 좋은 날 하얗게 밤을 새는 것을 마다한다면 인생은 무슨 의미와 재미가 있을 것인가.

나는 그가 이제 하얀 밤을 지새고 새로운 해를 보기를 바란다. 늦었다고 생각할 때가 이른 것이다. 그가 일출을 보기 시작하면 생은 더욱 깊어질 것이며 시는 더욱 젊어질 것이다. 원고들을 죽 읽어보다가 한 시에 눈이 간다. 그리고 무릎을 친다. 한 생의 깊이가 이렇게 시로 오는 것이구나. 그 시를 옮기며 이 글을 접는다. 하지만 계속 귀를 기울일 것이다.

한 사람이 자신의 일생에 대해 말하기 시작하면 우리는 침묵해야 하기 때문이다.

마음을 먼저 보내고
빛을 들고 온다
그렇게 하루를 가르친다
하루를 가르치고
다시 일출이 되는 까닭은
한 생을 가르치기 위함이다
한 생을 가르치고
다시 일출이 됨은
한 겁이 가도
못다함을 말하기 위함이다

어느 날
어둠을 보게 하고

마음을 적셔주기 위해
그렇게 마음을 쉬어도
식지 않는 열정은
또 다시
일출이 되기 위함이다

사는 일이 온통

2017년 6월 20일 초판 1쇄 인쇄
2017년 6월 25일 초판 1쇄 발행

——

지은이　　박연식
펴낸이　　강송숙
디자인　　더블유코퍼레이션, 나니
인 쇄　　더블유코퍼레이션
펴낸곳　　오비올프레스

ISBN 979-11-959218-3-6

——

출판등록　　2016년 9월 29일 제 419-2016-000023호
주소　　　　강원도 원주시 무실새골길 52
전자우편　　oballpress@gmail.com